Lesezug – 4. Klasse

Liebe Mütter, liebe Väter, liebe Omas,
liebe Opas, liebe Tanten, liebe Onkel,
liebe Lehrerinnen und Lehrer!

Je älter unsere Kinder werden, desto stärker orientiert sich ihr Leseverhalten an persönlichen Interessen. Sie werden Themen und Texten gegenüber kritischer. Sie wollen sich mit den Texten auseinandersetzen und sich mit den Protagonisten identifizieren können. Es beginnt sich der persönliche Lesegeschmack zu bilden.

Die Bücher der vierten Lesezugstufe bieten thematisch eine besonders große Bandbreite. Von lustigen Alltagsgeschichten, über Krimis, bis hin zu kritischen Problemgeschichten findet man alles.
Die Geschichten werden von tollen Illustrationen unterstützt, die trotzdem der Fantasie unserer Leserinnen und Leser ihren Raum lassen.

Viel Freude beim Eintauchen in die unterschiedlichsten Lesewelten!

Dipl. Päd. Andrea Rieger, MA
Lesepädagogisches Lektorat

Andreas Hutter

Antares
Die verborgene Welt

Mit Illustrationen von
Norbert Metz

Der G&G-Lesezug™

G&D

Bibliografische Information Der Deutschen Bibliothek
Die Deutsche Bibliothek verzeichnet diese Publikation in der Deutschen Nationalbibliografie; detaillierte bibliografische Daten sind im Internet über http://dnb.ddb.de abrufbar.

www.kinderbuchverlag.at

www.lesezug.at

ISBN (13) 978-3-7074-0352-7
ISBN (10) 3-7074-0352-1
1. Auflage 2007

Covergestaltung und -illustration: Norbert Metz
Lektorat: Andrea Rieger
Pädagogische Beratung: Mag. Doris Ulrich-Hinterecker
Satz: G&G, Margit Stürmer, Wien
Printed in Europe

In der neuen Rechtschreibung/2006.

Aus Umweltschutzgründen wurde dieses Buch auf chlorfrei gebleichtem Papier gedruckt.

Inhalt

Eine unheimliche Burg

Alexander hatte zu seinem zwölften Geburtstag das Fahrrad bekommen, das er sich schon seit einer Ewigkeit gewünscht hatte. Es war ein Mountainbike mit 21 Gängen, Scheibenbremsen und Gasdruckstoßdämpfern.

Kurz gesagt – ein Traum von einem Fahrrad!

Nun konnte das Leben mit all seinen Freiheiten und Abenteuern endlich beginnen.

Vor der kleinen Stadt, in der er wohnte, lag eine verfallene Burg, die er immer schon erforschen wollte.

Und nun hatte er ja sein Mountainbike. Damit konnte er überall hinfahren, natürlich auch zu diesem düsteren Gemäuer.

Es war an jenem sonnigen Samstag im Mai. Er hatte schulfrei und die Erlaubnis der Eltern mit dem Rad zu fahren. Also fuhr er in Richtung Burg. Das letzte Stück war besonders steil, doch

mit 21 Gängen
null Problemo.

Endlich stand
er vor dem Haupt-
eingang.
Er betrat das verfal-
lene Gebäude.

Gänge und
Treppen führten
aufwärts und abwärts nach links und nach rechts. Ein Paradies für jeden Abenteurer! Doch als Alexander schon tief in das Gewirr von Gängen vorgedrungen war, krachte plötzlich laut der Boden unter seinen Füßen. Alexander blieb wie angewurzelt stehen.

Noch ein Kracher!

Plötzlich brach der ganze Boden mit einem ohrenbetäubenden Rumpeln und Poltern ein und er stürzte in einen nicht enden wollenden Schacht.

Der Dickbauchmausbär

Nach unzähligen Purzelbäumen endete sein Sturz mit einer harten Landung.

Alexanders Kopf dröhnte, doch außer ein paar blauer Flecken blieb er unverletzt.

Er war in einem düsteren Raum gelandet, der große Ähnlichkeit mit einer Grottenbahn hatte. Verwinkelte Gänge führten in alle Richtungen, und woher das Licht kam, konnte man nicht sagen.

Und vor lauter Staunen bemerkte Alexander gar nicht, dass sich eine Gestalt näherte.

Als er seinen Kopf hob und dieses Etwas erblickte, verschlug es ihm die Sprache.

Er stand vor einem unheimlichen Wesen mit riesigen Ohren und einem dicken Bauch. Und erst die Nase! Wie von einer Maus. Doch es stand auf zwei Beinen wie ein Mensch und war auch ungefähr so groß. Es hatte eigenartige Kleider an und eine struppige Mähne auf dem eigentlich viel zu großen Kopf.

Und während er ihn so beobachtete, tupfte ihn der Dickbauchmausbär plötzlich auf seine Schulter! Ganz leicht und vorsichtig. Das gab Alexander wieder Mut. Was der Dickbauchmausbär konnte, konnte er schon lange.

Er tupfte also zögernd und ebenso vorsichtig zurück.

Der Dickbauchmausbär wich zwar ein bisschen zurück, ließ es sich dann aber doch gefallen.

Noch mehr sogar, er stupste wieder zurück. Diesmal auf den Bauch.

Alexander tat ebenso und klopfte seinem Gegenüber auf die große Halbkugel.

Daraufhin quietschte das Etwas laut auf und sprang mit einem großen Satz zurück.

„Was bist denn du für ein komisches Ding?", fragte Alexander erschrocken.

„Du kannst ja reden!", erwiderte der Dickbauchmausbär verwundert.

„Du kann ja reden!", stammelte Alexander ebenso verdattert.

„Was bist denn du?", wollte nun das Ding wissen. Alexander war von dieser Frage sehr überrascht.

„Na, ein ... ein Mensch!"

Da begann der Dickbauchmausbär lauthals zu lachen: „Ein Mensch, ein Mensch!", schrie er und zeigte spottend auf Alexander.

„Was ist daran so lustig?", wollte dieser verärgert wissen.

„Na weißt du nicht, was ‚Mensch' heißt?", fragte der Dickbauchmausbär.

Alexander war nun völlig verwirrt und wusste nicht, was er sagen sollte.

„Na das ist ein ‚Mensch'!", sagte der Dickbauchmausbär und deutete auf sein Hinterteil.

„Was?", stotterte Alexander. „Du spinnst wohl! Und überhaupt, wie siehst du denn aus?!"

„Na, normal! Aber du!", das Ding begann wieder zu lachen und zeigte dabei spottend auf Alexander.

Das konnte der sich natürlich nicht gefallen lassen:

„Schau dich doch einmal an, diese riesigen Ohren und dein fetter Bauch", jetzt begann Alexander zu lachen, „und diese blöde Mausenase!"

Der Dickbauchmausbär kannte sich zwar nicht aus, wusste aber, dass er gerade ausgelacht wurde.

„Du bist wohl total bewuppelt!“, verteidigte er sich. „Ich sehe ganz normal aus, so wie alle anderen auch! Aber mich würde interessieren, wo du eigentlich herkommst!“

„Was heißt, wo ICH herkomme?“, fragte Alexander, der immer unsicherer wurde. „Ich lebe hier! Also eigentlich dort oben.“ Er zeigte zu dem Schacht, durch den er gekommen war.

„Aber da oben gibt es nichts!“, antwortete der Dickbauchmausbär verblüfft.

„Sag bloß, du warst noch nie da oben?“

„Natürlich nicht!“, kam es wie selbstverständlich zurück. „Du lebst doch nicht etwa in dieser Ruine?“, fragte Alexander noch unsicherer.

„Was heißt hier Ruine? Hier ist Antares. Und hier leben wir alle!“

Ich bin anders!

Alexander begriff langsam, dass er gefangen war, in einer Welt, in der alles und jeder ANDERS war! Würde er je seine Eltern und Freunde wieder sehen? Tränen stiegen ihm in die Augen.

„Ach, wir werden das schon irgendwie hinkriegen!", versuchte ihn sein Gegenüber zu trösten.

Alexander blickte traurig auf, sah in eigentlich sehr freundliche Augen und musste sogar ein bisschen lächeln.

Nachdem die beiden eine Weile dasaßen, brach der Dickbauchmausbär das Schweigen: „Sag mal, du kommst wirklich von dort oben?" Alexander nickte wehmütig und dachte an seine Familie und seine Freunde.

„Und", fragte der Dickbauchmausbär weiter, „ihr nennt euch selber wirklich ‚Mensch'?"

Alexander nickte wieder: „Und was bist du für einer?"

„Ich bin ein Spika, und ich heiße Godol, schnipp schnipp!", sagte der Dickbauchmausbär stolz.

„Godolsch nippsch nipp?", wunderte sich Alexander über so einen komischen Namen.
„Nein!", sagte der Spika „Godol, schnipp schnipp!"

„Ich heiße Alexander. Hallo!", sagte Alexander und streckte ihm seine Hand entgegen.

„Was machst du denn da mit deiner Schaufel?", fragte sein Gegenüber und sah die Hand verwundert an. „Was für eine Schaufel?", wunderte sich Alexander. Doch dann verstand er und erklärte: „Wir Menschen geben zur Begrüßung die Hand!"

Ungläubig wiederholte der Spika: „Hand geben? Kannst du die abnehmen?" Und schon zog der Spika an der Hand: „Los, mach mal! Gib' sie runter!"

„Nein!“, schrie Alexander, „das sagt man doch nur so, zur Begrüßung!!“ „Ach so!“, lachte der Spika verlegen, „Und ich dachte ... und bei uns sagt man ‚schnipp schnipp‘ zur Begrüßung.“ „Ach so!“, lachte jetzt auch Alexander. „Meine Freunde nennen mich aber Gogal und jetzt lass uns eine Runde gumpfen.“ „Und mich ‚Xandi‘“, sagte Alexander, „und was ist ‚gumpfen‘?“

„Was? Du kennst gumpfen nicht?“, konnte Gogal kaum glauben.

„Also pass mal auf!“, sagte der Spika und nahm drei eigenartige Bälle aus den Taschen. Damit begann er mit nur einem Arm zu jonglieren. Xandi war schwer beeindruckt.

„So, und jetzt du", sagte Gogal und drückte Xandi die Bälle in die Hand.

Alexander versuchte es, doch die Bälle fielen immer wieder zu Boden. „Na ja", sagte Gogal mitleidig, „den ersten Preis im Wettgumpfen wirst du wohl nicht gewinnen!" Das ärgerte den Menschen. „Bei uns macht man so einen Blödsinn nicht, wir haben ordentliche Spiele!" „Und was zum Beispiel?", wollte der Spika sofort wissen.

„Fernsehen zum Beispiel", sagte Xandi dann überlegen. „Und wie geht das?", gab Gogal klein bei. Xandi zeichnete mit den Händen einen Fernseher in die Luft und schaltete ihn mit einem lauten „Klick" ein. Dann starrte er auf den Apparat – also in die Luft – und tat so, als würde er gerade eine unfassbar spannende Sendung sehen. Gogal schaute eine Zeit lang zu und wollte dann doch noch ein bisschen mehr erfahren.

„Und weiter?"

„Na aus!"

„Was aus?"

„So geht fernsehen! Total spannend!", wurde Xandi deutlicher.

„Na ja", sagte Gogal „dann lass uns eine Runde brizibrazen!"

Als er merkte, dass Xandi auch dieses Spiel nicht kannte fuhr er fort: „Hast du ein Hatschituch?" Xandi hatte ein Taschentuch. „Genau, das musst du dir hinten am Gürtel befestigen, und ich auch. Und wer nun das vom anderen als erster erwischt, hat gewonnen!"

Und schon ging die Verfolgung los. Schlussendlich gelang es Gogal, das Taschentuch von Xandi zu ergattern.

„Gewonnen, gewonnen!", rief er und lief dabei direkt in den Bauch eines älteren Spikas, der gerade um die Ecke bog.

Dieser Spika hatte auch so große Ohren und

eine Mausenase und natürlich einen Dickbauch und Zottelhaare. Er sah aus wie ein Wachmeister oder Polizist, denn er hatte eine Blechschüssel auf dem Kopf und einen grauen Uniformmantel an. In einer Hand hielt er einen seltsamen Stab.

Gefangen

„Schnipp schnipp, Gogal“, sagte jemand mit tiefer Stimme.

„Schnipp schnipp, Oberwachtel, schau, ich hab gewonnen!“

„Tüchtig, tüchtig“, sagte diese „und, wer hat verloren?“

Bis jetzt hatte die Oberwachtel – so werden altgediente Wachebeamte in Antares genannt – Xandi noch nicht gesehen.

„Der Xandi“, sagte Gogal und zeigte auf seinen neuen Freund.

Die Oberwachtel drehte sich um und erstarrte, plötzlich schrie sie: „Ein Mensch, ergreift ihn!“

So schnell konnte Xandi gar nicht schauen, da strich die Oberwachtel mit dem Stab über seine Handflächen, wobei der Stab einen eigenartigen Piepston von sich gab, und drückte die Hand anschließend an die Wand und sagte: „Im

Namen des Triton, du bist verbottelt!“

Xandi wollte wieder weglaufen, musste aber entsetzt feststellen, dass er seine Hand nicht mehr von der Wand wegnehmen konnte. Er klebte fest!

„Was machst du denn da?“, fragte Gogal.

„Das ist ein Mensch!“, sagte die Oberwachtel verängstigt.

„Das weiß ich – und?“, erwiderte Gogal.

Das irritierte den Wachmann. Normalerweise hat man sich vor Menschen zu fürchten. Das war schon immer so. Also musste er dem jungen, unerfahrenen Spika erklären, wie Menschen sind: „Die sind böse ... äh, gemein und gefährlich! Ja, genau! Und deshalb muss ich das dem Triton melden!" Mit diesen Worten verschwand er.

Gogal wollte ihm nachlaufen und alles aufklären, doch Xandi schrie: „Halt, lauf nicht weg, ich klebe hier fest!"

Gogal blieb stehen und zeigte auf Xandis Hand: „Du bist verbottelt!"

„Wie bitte? Vertrottelt?"

„Nein!", sagte Gogal „Verbottelt, festgenommen, aber ich hab jetzt keine Zeit, ich geh auch zu Triton und erkläre ihm alles!" Und weg war er.

Xandi fühlte sich wie in einem schlechten Traum. Vor ein paar Stunden war noch alles ganz normal. Und jetzt? Festgeklebt! In einer Welt, die es eigentlich gar nicht gab und aus der er nicht entkommen konnte.

Plötzlich wurde Xandi aus seinen Gedanken gerissen, denn die Oberwachtel kam aus einem der Gänge.

„Nun", begann die Oberwachtel, „ich komme aus dem Blablament, das ist der Ort, wo bei uns wichtige Dinge besprochen werden, und dort hat es eine Abstimmung gegeben. Das Urteil: du wirst auf die Sumpfkröteninsel verbannt."

Xandi verstand nichts: „Und was heißt das?"

„Die Sumpfkröteninsel ist der fürchterlichste Ort in ganz Antares: Dort blubbert giftiger Schwefel aus dem Boden! Und erst die Schlangen ... Aber das wirst du ja bald selber sehen, du wirst nämlich gleich abgeholt. Und bis dahin brauche ich absolutes Stillgeschweigen! Ich muss mich nämlich ein bisschen ausrasten!"

Mit diesen Worten begann der Wachmann langsam einzuschlafen. Xandi hatte es die Sprache völlig verschlagen.

Er hatte doch überhaupt nichts getan!

Warum erkannte das niemand? Warum waren alle so ungerecht? Was sollte er jetzt tun?

All diese Fragen schossen Xandi durch den Kopf, doch er wusste nicht eine einzige Antwort.

Plötzlich hörte er ein Geräusch. Xandi zuckte zusammen, doch erleichtert erkannte er Gogal, der sich anschlich und ihm deutete, sich leise zu verhalten. Dann schlich er zur Oberwachtel und begann, ihr vorsichtig die Stabwaffe zu entwenden.

Dies war natürlich ein sehr gefährliches Unterfangen. Deshalb nahm Gogal den Stab sehr behutsam aus der Schaufel der Oberwachtel.

Und – es gelang! Er befreite Xandi mit dem Stab, indem er ihn damit erneut an der Hand berührte. Doch der dabei erzeugte Piepston weckte leider auch die Wache.

Laut fluchend stürzte sie sich auf die beiden.

Vor lauter Schreck ließ Gogal den Stab fallen und rannte mit Xandi Hals über Kopf davon.

Die Oberwachtel ergriff ihre Waffe und nahm die Verfolgung auf.

Die beiden rannten, bis von der Oberwachtel nichts mehr zu sehen und zu hören war.

Völlig erschöpft zog Gogal dann seinen Freund in eine von Wurzeln und Zweigen überwucherte Nische, in der sie sich ein bisschen ausrasten konnten. „Was soll ich denn jetzt machen?", fragte Xandi fast schon am Weinen.

Gogal nahm die Situation in die Hand. „Du bleibst hier, und ich werde mit Triton reden, vielleicht überlegt er sich es ja noch einmal!" Xandi fasste wieder Hoffnung: „Okay, aber bleibe nicht zu lange weg." Gogal nickte, bog vorsichtig die Zweige, die den Eingang in das Versteck tarnten, zur Seite und schlüpfte hinaus.

Und da stand er, Triton, der Herrscher von Antares.

Gogal zuckte wie vom Blitz getroffen zusammen, und bevor er noch irgendetwas sagen konnte, sprach Triton: „Ich weiß alles! Gefangener komm da heraus!" Xandi bog die Äste zur Seite und kam heraus gekrochen.

Nun konnte auch er den Herrscher von Antares sehen.

Das Urteil

Der große Triton hatte eine hohe goldene Haube auf, die mit einer roten Feder geschmückt war. Sein mächtiger Bauch wurde von einem Rüschenhemd verdeckt, über das der König einen weißen, ärmellosen Frack trug. Alles in allem eine wirklich imposante Erscheinung.

Gogal hatte mittlerweile den ersten Schreck überwunden: „Lieber Triton", fing er zaghaft an, „ich wollte gerade zu dir kommen, um über den Menschen zu reden!"

„Was gibt es da noch zu reden?", erwiderte Triton. „Er wird auf die Sumpfkröteninsel abgeschoben!"

„Und warum?", fragte Gogal unsicher.

Triton verdrehte die Augen, wie er es immer tat, wenn ihn jemand nicht verstanden hatte.

„Weißt du nicht, dass Menschen böse, gemein und gefährlich sind?"

Die beiden Freunde blickten sich fassungslos an.

„Aber sieht denn jemand so aus, der böse, gemein und gefährlich ist?“, fragte Gogal.

Triton stutzte. Sollte dieser Spikaknirps vielleicht Recht haben? Er überlegte und sagte dann: „Nun gut, ich werde ihn einer Prüfung unterziehen!“

Er winkte Xandi zu sich. Xandi folgte dem Befehl und der Herrscher von Antares begutachtete den kleinen Menschen von allen Seiten. Hie und da lachte Triton leise auf.

Zu guter Letzt schickte er Xandi wieder auf seinen Platz zurück.

„Nun ja“, gab er das Untersuchungsergebnis bekannt. „Er sieht wirklich nicht sehr gefährlich aus. Ich werde mich daher noch einmal mit den anderen beraten. Und du passt auf diesen ‚Menschen' auf. Du bist für ihn verantwortlich!"

Gogal war außer sich vor Freude. Er hatte den Herrscher von Antares überzeugen können, die Angelegenheit noch einmal zu überdenken!

„Mach ich. Danke!", sagte er stolz.

Triton verschwand mit einem knappen „Schnipp schnipp" ebenso plötzlich wie er gekommen war.

Nun hieß es warten. Ungeduldig ging Xandi auf und ab und auch Gogal wurde immer nervöser. Doch endlich hörten die beiden Triton und die Oberwachtel kommen.

Triton kam gleich zur Sache. „Wir haben deinen Fall noch einmal genauestens unterlupt und sind zu dem Ergebnis gekommen, dich zu fünf Jahren Zwangsarbeit zu verurteilen! Und nun – abgeführt!" Die Oberwachtel schnappte Xandi und führte ihn ab.

Xandi wurde in einen düsteren Raum gesperrt,

in dem nur ein Bett stand. Er legte sich hin und schlief sofort ein.

Er hatte einen entsetzlichen Alptraum. Er träumte genau den vergangenen Tag. Und als im Traum dann Triton „Zwangsarbeit“ sagte, kam mit lautem Gepolter die Oberwachtel bei der Türe hereingestolpert und riss Xandi unsanft aus dem Schlaf: „Habt Acht! Links um! Äh, rechts, und Abmarsch, denn du bist heute zum Putzen eingeteilt!“ Mit diesen Worten holte sie einen großen Kübel mit Seifenwasser und drückte ihn Xandi in die Hand.

Widerwillig nahm er den Kübel und folgte der Oberwachtel. Und so putzte er den ganzen Tag lang, bis in den Abend hinein. „So“, sagte schließlich die Oberwachtel, „für heute ist es genug. Morgen ist ja auch noch ein Tag – glaub ich!“ Und so war es auch. Die Tage vergingen und mit ihnen die Wochen. Nicht viel veränderte sich.

Unerwartete Hilfe

Eigenartigerweise wurde die Oberwachtel immer freundlicher und schlief meistens, während Xandi putzte. Doch eines Tages bemerkte Xandi, dass das Wasser im Kübel eigentlich für Seifenblasen gut geeignet sein müsste.

Also suchte er sich ein Stück Draht, bog es zu einem Ring und machte ganz tolle Seifenblasen. Sie wurden nicht nur riesengroß, sondern leuchteten in den strahlendsten Farben.

„Schnell, schau her!", rief er.

Die Oberwachtel war mit einem Schlag munter und bekam beim Anblick des schillernden Kunstwerkes sofort einen Schreikrampf. Als die Seifenblase zerplatzt war, sah Xandi die Wache vorsichtig aus einer Kiste blicken.

„Ist er weg??", fragte die Oberwachtel.

„Wer?"

„Der Monsterballon!"

Xandi konnte nicht glauben, das es jemanden gab, der Seifenblasen nicht kannte!

„Das sind doch nur Seifenblasen, die tun einem doch nichts!"

„Bist du da sicher?", fragte die Wache, während sie aus der Kiste stieg.

„Natürlich, ich beweise es dir."

Xandi tauchte also seinen Drahtring in das Putzwasser und machte ein paar Seifenblasen. Anschließend stupste er sie an und ließ sie zerplatzen.

Die Oberwachtel war überwältigt: „Mach noch eine, für mich!"

Xandi ließ sich das nicht zweimal sagen. Die Wache nahm allen Mut zusammen und griff nach der Seifenblase, die spritzend zerplatzte. Fast hätte sie vor lauter Freude einen Herzanfall bekommen.

„Du bist ja ein richtig lustiges Kerlchen!", rief der Spika lachend.

„Wieso, ich bin doch böse, gemein, und gefährlich?", entgegnete Xandi.

„Nein, nein", beruhigte die Oberwachtel „du bist knubbelig und bubbelig und gar nicht fies und abgefeimt!"

„Aber", überlegte Xandi laut, „wenn ich gar nicht fies und abgefeimt bin, warum bin ich dann eigentlich eingesperrt?"

„Na ja, weil alle Spika glauben, dass Menschen ganz anders sind als du und weil man von euch die schrecklichsten Sachen hört!" Der Oberwachtel war das Ganze jetzt ein bisschen peinlich.

Jetzt wurde Xandi neugierig: „Und, was hört man denn so?"

Die Oberwachtel begann mit geheimnisvoller Miene zu erzählen: „Also, man erzählt sich, dass die Menschen wie wilde Bestien übereinander herfallen und sich gegenseitig totmachen, nur weil einer was will, was der andere hat. Und dabei soll es egal sein, ob das jetzt ein Papierschein ist oder ein ganzes Land. Und oft, so erzählt man sich, dauert das Übereinanderherfallen viele Jahre, und manche Menschen müssen dadurch viel weinen, den anderen ist das aber egal!"

Dem Jungen war das Lachen mittlerweile vergangen, weil er wusste, was die Oberwachtel meinte.

„Oder weißt du, was man sich noch erzählt, – du darfst aber nicht lachen – wir glauben von euch, dass ihr mit lauten, stinkenden Blechkästen, die unten Räder dran haben, herumdüst und dabei ganz böse miteinander umgeht. Alle wollen so schnell wie möglich ans Ziel, wo sie sich ohnehin langweilen!" Die Oberwachtel begann lauthals zu lachen, weil sie selbst kaum mehr glauben konnte, dass sie je so einen Unsinn gedacht hatte. „Und noch dazu, so erzählt man sich, entweichen aus diesen Blechkästen giftige Gase und die ganze Luft wird kaputt. Und ihr merkt das nicht einmal!" Jetzt fiel die Oberwachtel vor lauter Lachen einfach um. Sie krümmte sich am Boden und gluckste nur noch.

„Das stimmt leider alles!", sagte Xandi leise.

„Wie? Was stimmt alles?", wollte die Wache erstaunt wissen.

„Das, was du gerade erzählt hast!"

„Aber", wollte die Oberwachtel dann weiter wissen, „warum machen die Menschen all diese bewuppelten Sachen?"

„Das weiß ich leider auch nicht", musste Xandi zugeben, „ich weiß nur, dass viele damit nicht einverstanden sind."

„Das heißt, dass es auch viele nette Menschen gibt, die andere nicht totmachen wollen?"

„Natürlich, fast alle sind so!"

„Und du auch?", fragte die Oberwachtel vorsichtig.

„Natürlich!"

Dann ging der Oberwachtel ein Licht auf: „Aber das würde ja heißen, dass wir einen netten Menschen eingesperrt haben!"

„Das hab ich doch von Anfang an gesagt, und der Gogal auch!", stellte Xandi vorwurfsvoll fest.

„Na ja", sagte die Oberwachtel, „dann gehe ich zum Triton und erkläre ihm alles!"

Xandi stand auf und schaute die Wache hoffnungsvoll an: „Das würdest du wirklich für mich tun?"

„Nun, ich glaube, das bin ich dir schuldig!", brummte der Spika verlegen.

In diesem Moment sprang plötzlich Gogal aus einem Gang heraus und machte Karatebewegungen in die Luft. Dabei schrie er „Hang wang lee" und „Ka ba no ssi".

Xandi und die Oberwachtel erschraken gleichzeitig und Xandi fragte: „Gogal, was machst du da?" „Ich befreie dich jetzt, los, lauf weg und ich halte die Oberwachtel auf!" Da schaltete sich die Oberwachtel in das Gespräch ein. „Das ist generell sehr nett, dass du deinem Freund helfen willst, aber ich wollte gerade mit Xandi zu Triton gehen, damit er auch erfährt, dass der Xandi total knubbelig und bubbelig ist."

„Ach so! Entschuldigung!", gab Gogal klein bei. „Schon vergessen", sagte die Oberwachtel, „aber wenn du schon da bist, dann kannst du auch gleich mitkommen!"

Und so gingen Gogal und Xandi mit der

Oberwachtel Richtung Tritonhöhle.

Schließlich kamen sie zu einem dunkelgrünen, goldverzierten Portal, vor dem zwei kräftige Wachen mit langen Lanzen standen.

Als sie die Oberwachtel sahen, standen sie sofort stramm: "Schnipp schnipp Oberwachtel", sagten sie im Chor. „Schnipp schnipp Jungs", sagte diese und wandte sich an Xandi und Gogal: „Vielleicht ist es besser, wenn ich zuerst einmal alleine hineingehe, damit sich drinnen nicht alle gleich in die Hosen machen, wenn sie einen Menschen sehen."

Die Oberwachtel öffnete das knarrende Tor und ging hinein. Mit einem lauten Knall schloss es sich wieder. Dann war es still.

Xandi und Gogal gingen vor dem Eingang nervös hin und her. Manchmal blieben sie stehen und lauschten an dem Tor.

„Du, Gogal", brach Xandi nach langem das Schweigen, „danke für deine tolle Befreiungsaktion!" „Ach, das war doch klar", erwiderte dieser bescheiden. „Ich finde das toll von dir. Und dass mir die Oberwachtel schon helfen wollte, konntest du ja nicht wissen!" Gogal war so viel Lob ein bisschen unangenehm: „Ist schon o.k."

Plötzlich öffnete sich laut knarrend das Tor.

Trommelwirbel und Trompetenfanfaren waren zu hören und dann erschien der Herrscher von Antares: „Nun, ich habe mit meinen Untergebenen den Fall noch einmal geprüft und wir sind zu dem Ergebnis gekommen, dich frei zu lassen, wenn du uns beweisen kannst, dass auch wir gefahrlos in eurer Welt leben könnten!"

„Und wie soll ich das beweisen?", wollte Xandi wissen. „Ganz einfach", erklärte Triton, „in dem du mit der Oberwachtel in deine Welt gehst. Für den Fall aber, dass die Menschen doch böse, gemein und gefährlich sind oder du einfach fliehst, wird Godol auf die Sumpfkröteninsel verbannt! Bist du damit einverstanden?"

Xandi verschlug es die Sprache! Er konnte doch nicht so einfach über das Schicksal seines Freundes bestimmen.

„Wir sind einverstanden!", kam ihm Gogal zuvor. „Aber ...", stotterte Xandi.

„Du kommst ja sicher wieder!", unterbrach ihn Gogal. Auch die Oberwachtel meinte: „Wir werden das schon schaffen!"

Böse, gemein und gefährlich?

„Also gut, ich bin einverstanden!", bestätigte Xandi.

„Nun gut", sagte Triton, „dann zeige ich euch den Weg nach oben!"

Und so kamen sie zu einer Steintür, die mit einem riesigen Schloss versperrt war.

„So", sagte Triton und zog einen großen Schlüssel hervor, „das ist die Tür, die in die Menschenwelt führt!" Er schloss auf und knirschend öffnete sich die Türe. „Jetzt kann ich euch nur noch viel Glück zu wünschen!", sagte Triton und verschwand.

Xandi und die Oberwachtel befanden sich nun in einem schmalen Treppenaufgang. Die Stufen waren in Stein gehauen und aus den lehmigen Wänden ragten große Felsbrocken und Wurzeln. Als sich die Oberwachtel kurz umgesehen hatte, blickte sie zu Xandi. „Ich glaub', ich will doch nicht zu den Menschen", rief die Oberwachtel voller Panik, „die sind böse, gemein und ...", sie stockte, „ach ja, das glaub' ich gar nicht mehr!" „Eben", bestätigte Xandi, „Dann komm jetzt!"

Es war ein ziemlich beschwerlicher Weg zurück in die Menschenwelt.

Schließlich gelangten sie wieder zu einer steinernen Türe, die Xandi mit dem Schlüssel öffnete.

Grelle Sonnenstrahlen fielen in den düsteren Tunnel!

Xandi konnte es kaum glauben: er war wieder in seiner Welt! Er stürzte ins Freie und sprang herum wie das Rumpelstilzchen. „Die Sonne, die Sonne!", schrie er und warf sich zu Boden und wälzte sich in der Wiese: „Blumen und Gras und der Himmel!"

Xandi war so glücklich, dass ihm vor lauter Freude Tränen über die Wangen liefen. Die Oberwachtel schien von der Menschenwelt nicht

sehr angetan zu sein. Sie stand blinzelnd in einer ihr völlig fremden Welt. Hier war alles viel bunter und greller und noch nie hatte sie so einen großen „Raum“ gesehen. Die Decke war blau tapeziert und hatte da und dort weiße Flecken. Dort oben hing auch ein einziger, riesiger „Scheinwerfer“, der den ganzen Raum ausleuchtete. Das machte ihr alles Angst. Und noch dazu schien ihr einziger Vertrauter verrückt geworden zu sein.

„Ist es nicht unheimlich schön hier!“, rief Xandi und zog die verdatterte Oberwachtel durch die Wiese.

„Aufhören, aufhören“, schrie die Wache und lachte dabei laut, „diese grünen Stäbchen am Boden witzeln total auf meinen Watscheln!“

Xandi blieb stehen und wusste sofort, was die Oberwachtel sagen wollte: „Du meinst, das Gras kitzelt auf deinen Füßen?“

„Kann schon sein, jedenfalls muss ich lachen.“

Plötzlich fiel der Wache wieder ein, dass ihr ja eigentlich gar nicht zum Lachen zumute war: „Hier ist es aber unheimlich!"
„Ach, komm jetzt und sei nicht so feige! Hier ist es doch toll!", widersprach Xandi.

„Ich bin nicht feige!", protestierte die Oberwachtel. „Ich habe nur Angst!"

„Na, dann ist es ja halb so schlimm. Komm", fuhr Xandi fort, „gib' mir deine Schaufel!" Dabei streckte er ihr seine Hand entgegen. Und so gingen sie Hand in Schaufel den Hügel hinunter.

Bald sah Xandi auf dem gegenüberliegenden Hügel die Ruine emporragen. Er konnte sich daher sofort wieder orientieren und wollte so schnell wie möglich nach Hause gehen, um endlich seine Eltern wieder zu sehen.

Dann kam Xandi auf die Idee, vorher der Oberwachtel den nahe gelegenen Abenteuerspielplatz zu zeigen, auf dem immer was los war.

Von weitem hörten die beiden schon das Geschrei spielender Kinder und das beunruhigte die Oberwachtel sehr.

Xandi hingegen freute sich darauf, endlich wieder Menschen zu sehen.

Die Oberwachtel sprang beim Anblick des bunten Menschenrudels gleich hinter Xandi und erklärte: „Die Menschen sind wirklich nett! Aber jetzt lass uns gehen, ich hab' genug gesehen!"

Xandi wollte gerade etwas antworten, als er plötzlich eine Freundin entdeckte. „Heike!", rief er und lief so schnell er konnte auf das staunende Mädchen zu und umarmte sie so stürmisch, dass beide zu Boden fielen. Xandi half ihr, wieder aufzustehen und tanzte wild um Heike herum: „Ich bin so froh, dich wieder zu sehen!"

„Sag Xandi, wo warst du die ganze Zeit?", fragte Heike. „Alle haben sich die größten Sorgen gemacht!"

„Ich war in Antares und die Spika haben mich festgebottelt und der Triton wollte mich auf die Sumpfkröteninsel verbannen, aber Gogal und die Oberwachtel ..."

„Halt!", rief Heike, „Ich verstehe kein Wort!

„Also, es war so: die Oberwachtel ..." Xandi erschrak: „Die

Oberwachtel!!“ Er blickte sich um und sah die Wache bei einem Kletterturm sitzen.

„Liebe Oberwachtel, darf ich dir meine Schulkameradin Heike vorstellen!“, sagte Xandi.

„Schnipp schnipp!“, sagte die Oberwachtel freundlich zu dem Mädchen.

„Was ist denn das für ein witziges Kostüm?“, lachte Heike, „es ist doch gar nicht Fasching!“ „Das ist kein Kostüm. Das ist ein Spika!“, sagte Xandi verlegen, weil er merkte, dass die Wache gekränkt war.

„Was? Spika? Was soll das sein?“, wollte Heike wissen. „Nun ja, es gibt Menschen und es gibt Spika!“ „Und der ist echt?“, konnte Heike es kaum glauben und zwickte die Oberwachtel in die Nase.

„Autschi wautschi!“, schrie der Spika erstaunt.

„Aber so etwas gibt es doch nicht!“, stammelte Heike entsetzt. „Das habe ich anfangs auch

gedacht", beruhigte sie Xandi, „aber du brauchst keine Angst zu haben, die sind eigentlich total nett!"

„Genau", sagte die Oberwachtel beleidigt und rieb sich dabei ihr Riechorgan, „und wir zwacken auch niemanden in die Nase!"

„Tut mir Leid!", sagte Heike unsicher.

„Und jetzt ist die Oberwachtel da, um ein paar Menschen kennen zu lernen!", erklärte Xandi weiter.

„Was ist denn hier los?", wollte plötzlich ein Junge wissen, der soeben den Spika entdeckt hatte. „Er will uns kennen lernen!", sagte Heike und zeigte auf die Oberwachtel.

Der Junge wandte sich an seine Freunde: „He, kommt mal alle her, da ist ein Außerirdischer!"

Binnen kürzester Zeit stand eine ganze Kinderschar um die Oberwachtel herum.

Xandi erzählte in kurzen Worten seine Geschichte und dass er nun beweisen musste, dass die Menschen gar nicht böse, gemein und gefährlich sind.

Nachdem er zu Ende erzählt hatte, starrten alle weiter gespannt auf ihn und die Oberwachtel.

Sie sagten kein einziges Wort.

„Also ich finde, dass dieses Wesen süß aussieht!", brach Heike das Schweigen. „Ich bin nicht süß!", rief die Oberwachtel und klammerte sich verzweifelt an Xandi, „Ich bin alt und zäh, ich schmecke gar nicht gut!" Da mussten alle herzlich lachen, und nachdem Xandi erklärt hatte, dass das in der Sprache der Menschen nur ein anderer Ausdruck für lieb sei, stimmte die Oberwachtel in das Lachen mit ein.

Erleichtert musste sich die Oberwachtel dann tausend Fragen gefallen lassen. Doch auch sie wollte von den Kindern vieles wissen und so saßen alle einige Stunden im Gras und erzählten von ihren Welten und spielten Verstecken und Fangen.

Aber Blinde Kuh gefiel dem Spika am allerbesten.

Dabei vergaßen sie völlig auf die Zeit.

„Seht mal! Der große Scheinwerfer an der Decke verliert Energie“, stellte die Oberwachtel irgendwann fest. „Und außerdem rutscht er langsam zu Boden. Wir müssen ihn festschrauben!“

Daraufhin erklärten die Kinder, was die Sonne, die Sterne und das Weltall sind. Das verstand die Oberwachtel nicht, und so spielten sie ganz einfach noch eine Runde Blinde Kuh.

Schließlich nahm der Spika seinen Stab und drückte einen kleinen Knopf. Daraufhin schoss ein grünlicher Lichtstahl hervor und schrieb eigenartige Zeichen in die Luft, die aber sofort wieder verschwanden.

„Oh je, es ist ja schon drei Drittel nach Umzig!", stellte die Oberwachtel erschrocken fest. „Wir müssen zurück, sonst landet Gogal noch auf der Sumpfkröteninsel!"

Das wollte natürlich niemand, und deshalb verabschiedeten sich die Kinder schnell von Xandi und dem Spika. Doch bevor sie aufbrachen, wandte sich Xandi nochmals an alle: „Ich glaube, es wäre für die Oberwachtel und alle anderen Spika besser, wenn niemand erfährt, dass es sie gibt!"

„Warum nicht?", und, „Wie meinst du das?", wollten einige wissen.

„Na, das ist doch ganz logisch", kam ihm Heike zu Hilfe. „Entweder würden die Erwachsenen meinen, dass wir uns das nur zusammengereimt haben und spinnen, oder sie würden uns glauben und anfangen, die Spika zu suchen und zu erforschen." Einige Kinder verstanden – andere immer noch nicht.

Deshalb wurde Heike deutlicher: „Was, meint ihr, würde passieren, wenn wir mit der Oberwachtel in die Stadt gehen?"

„Sie würde verhaftet werden!", sagte ein Kind.

„Ich glaube, man würde sie in ein medizinisches Labor stecken und untersuchen!", sagte ein zweites. Und ein kleines Mädchen meinte: „Sie müsste verraten, wo sie wohnt, und in die Höhle würden dann viele Touristen kommen und alles kaputt machen." Jetzt hatten alle verstanden.

„Und deshalb muss es unser Geheimnis bleiben, dass es Spika gibt!", schaltete sich Xandi wieder ein. „Seid ihr alle damit einverstanden?"

Und alle schrien so laut „Ja", dass die Oberwachtel vor Schreck fast umgefallen wäre.

Freunde fürs Leben

Nun konnten Xandi und der Spika beruhigt nach Antares zurückkehren.

Als sie beim Tunneleingang angekommen waren, öffneten sie die Steintüre mit Tritons Schlüssel und begaben sich wieder in die andere Welt. Nachdem sie den ganzen, langen Weg zurückgegangen waren, standen sie nun wieder vor der tritonischen Türe.

Kaum öffnete sich diese, stürzte ihnen Gogal entgegen, und die beiden veranstalteten einen wilden Wiedersehenstanz.

Bis sich jemand räusperte. Es war Triton, der in Begleitung zweier Wachen streng blickend dastand: „Nun, ich bin über euer Verhalten doch einigermaßen überrascht!" Sofort standen alle stramm: „Schnipp schnipp, Triton!". „Nun gut", sagte Triton ernst, „Godol und Xandi, ihr wartet hier und du, Oberwachtel, kommst mit mir und gibst deinen Bericht ab!"

„Los, erzähl! Wie war's?", bettelte Gogal. „Ist es weit nach oben? Hat die Oberwachtel putzen müssen? Habt ihr viele Menschen getroffen? Seid ihr ..."

„Eines nach dem anderen!", unterbrach ihn Xandi. „Komm, ich erzähle dir alles der Reihe nach." Xandi schilderte alles ganz genau.

Kaum war er mit seiner Geschichte fertig, bogen Triton und die Oberwachtel ums Eck.

„Schnipp schnipp, Triton!", grüßten Xandi und Gogal artig. „Schnipp schnipp!", antwortete dieser.

„Nun, nach allem, was uns die Oberwachtel berichtet hat, muss ich zugeben, dass wir dich

ungerecht behandelt haben. Wir haben daher beschlossen, dir den goldenen Ehrenschlüssel für die Türe in deine Welt und damit deine Freiheit

zu schenken." Dabei zog Triton einen großen, goldenen, Schlüssel hervor und hielt ihn Xandi vor die Nase. „Und was heißt das jetzt im Klartext?", fragte Xandi.

„Das heißt, dass uns alles katastrofurchterbar leid tut, und du ab sofort frei bist", mischte sich die Oberwachtel ein.

„Und überdies kannst du jederzeit wiederkommen, weil das der Schlüssel für die Steintüren ist."

„Danke!", sagte Xandi und nahm ehrfurchtsvoll den goldenen Schlüssel.

„Und darf ich auch einen Spika in meine Welt nehmen, wenn er es will?". Dabei sah er Gogal an, der freudig nickte.

„Gut, einverstanden", nickte Triton. Xandi bedankte sich noch einmal und verabschiedete sich von allen.

„Bitte, komm recht bald wieder!", sagte Gogal

„Ja, recht bald!", schloss sich die Oberwachtel mit feuchten Augen an.

„Mach ich!", versprach Xandi und verschwand mit einem „Schnipp schnipp!" im Tunnel.

Während er die Stufen und Leitern nach oben stieg, überkam ihn ein wehmütiges Gefühl und am liebsten wäre er wieder zurückgegangen und hätte alle noch einmal kräftig umarmt.

Doch andererseits zog es ihn auch hinauf zu den Menschen, zu seinen Eltern und Freunden.

Bald kam er zur zweiten Steintüre die er mit Hilfe des goldenen Schlüssels öffnete. Von der Sonne war diesmal nichts zu sehen. Doch der Mond stand hell und groß am Himmel und tauchte die Landschaft in ein silbriges Licht.

Xandi atmete die kühle Nachtluft tief ein und trat den Weg nach Hause an ...

Christoph Mauz / Und Paul, der wird Pirat
2. Klasse, ab 7/8 Jahren
Hardcover, 48 Seiten, 17 x 24 cm
durchgehend vierfarbig illustriert von Mary-Ann Cawthorne
Euro 7,95 / SFr 14,70, **ISBN (13) 978-3-7074-0358-9**

Gabriele Diechler / Prinzessin Lustig
2. Klasse, ab 7/8 Jahren
Hardcover, 48 Seiten, 17 x 24 cm
durchgehend vierfarbig illustriert von Anna Kosanova
Euro 7,95 / SFr 14,70, **ISBN (13) 978-3-7074-0345-9**

Karin Ammerer / Auch Spuken will gelernt sein
3. Klasse, ab 8/9 Jahren
Hardcover, 64 Seiten, 15 x 21 cm
durchgehend vierfarbig illustriert von Stefan Torreiter
Euro 7,95 / SFr 14,70, **ISBN (13) 978-3-7074-0348-0**

Jutta Treiber / Max und Marzipan
3. Klasse, ab 8/9 Jahren
Hardcover, 64 Seiten, 15 x 21 cm
durchgehend vierfarbig illustriert von Anna Kosanova
Euro 7,95 / SFr 14,70, **ISBN (13) 978-3-7074-0346-6**

Rudolf Gigler / Krimi-Mimi und die Gruselvilla
4. Klasse, ab 9/10 Jahren
Hardcover, 64 Seiten, 15 x 21 cm
durchgehend vierfarbig illustriert von Rudolf Schuppler
Euro 7,95 / SFr 14,70, **ISBN (13) 978-3-7074-0350-3**